KB106863

詩의 힘

민숙영시인 108 시선집

새로운 세상의 숲
신세림출판사

詩의 힘

민숙영 시인 108 시선집

민숙영 님,

시인이 가는길은 車를 타고 가는
길이아니라 맨 발로 자갈밭을 걸
어가는 일과 같으나 그만큼 힘들고
어렵습니다 정상을 향해 끝까
지 걸어가시기 부탁 합니다.

홍윤숙

들어가는 말

　많은 시를 쓰진 못했어도 등단 후 30년 넘게 꾸준히 시 작업을 하며 마음 다스리고 사는 일상! 2006년 『서두르지 않고 그러나 쉬지 않고』 시선집을 발간한 후 돌아보니 16년이란 세월이 흘렀다.

　늘 긍정적인 생각, 밝은 모습으로 살려는 나를 철들지 않는 어른으로 바라보는 가족들은 가끔씩 언제 철들거냐 묻지만 난 한결같이 내가 철드는 날이 세상 떠나는 날이라 말한다. 그래도 늘 감사한 것은 시와 함께한 시간들이 있어 그 힘으로 오늘을 건강하게 살고 있다는 것이다.

　시의 힘! 인생을 살아가면서 각자에게 힘과 용기 그리고 위로를 주는 무언가가 있다. 그것이 음악일 수도, 그림일 수도 그외 더 다양한 취미와 본업이 많겠지만

난 시를 읽고, 생각하고, 쓰며, 낭송하는 그 시간이 삶의 충전에 큰 힘 실어주고 있다.

언제라도 종이와 볼펜만 있으면 내 마음과 느낌을 표현하며 쓸 수 있는 마음의 여유. 그 잠시의 숨돌림이 내겐 밥이고 힘이었다. 때론 계단을 오르다 잠시 멈춰서서 또는 달리는 전철 안에서 수첩을 꺼내 적어 놓은 단어와 그림, 써 놓은 글자를 나도 잘 못 알아봐 한참을 생각하기도 하지만, 한 글자 한 글자가 모여 한 편의 시가 되기도 했다.

한 시간만에, 하루 한 달, 1년, 10년 만에 써진 시들이 있다는 게 참 신기한 일이긴 해도 그 과정이 내겐 늘 기쁨이고 고민이고 삶의 목적이기도 했으니 언제나 시와 한 몸으로 살아왔다. 명시가 아니라도 그 어떤 무명인의 시도 마음에 와닿아 누구에겐가 힘이 되고 위로가 되어 삶의 용기를 준다면 그것도 시가 주는 힘이다.

시! 습작 시절 아이들이 잠든 밤에 일어나 다음날 제출할 시 숙제를 하다 집에 들어와 방문을 여는 도둑의 반쪽 얼굴을 보고 급히 방문을 잠궈 무사하기도 했다. 시를 쓰기 위해 깨어 있었기에 생명을 살렸다는 은인 같은 생각에 평생 그 시에 충성하며 은혜 갚으며 살고있다. 사는 날까지 한결같은 마음으로 시를 좋아하며 시인들의 깨어있는 생각들을 존경하며 영원히 사랑할 것이다.

이제 칠십의 나이가 되었다. 소녀시절 릴케의 시를 만나 시인을 꿈꾸던 그 시절부터 변하지 않는 시 사랑에 빠져 있는 나와 고마운 이웃과 인연있는 모든 분들께 감사하는 마음으로 한 권의 시집 묶어 전하고 싶다.

시의 힘! 읽으면 읽을수록 마음 치유의 능력도 있는 시인들의 좋은 시들을 더 많은 이들이 함께 하길 바라며, 건강한 마음과 정신으로 오늘을 살고 있음에 감사 또 감사한다.

2022년 7월 날마다 좋은 날.

민 숙 영

차례

■ 스승님의 귀한 말씀 / 홍윤숙 ● 5

■ 들어 가는 말 ● 7

제1부 마음공부

오늘 / 19

마음공부 / 20

웃음꽃 / 22

빌딩 / 24

도봉산역 / 26

수업중 / 28

달과 놀다 / 30

불모산 / 32

휴양림의 밤 / 34

놀이 / 36

천리포 수목원 / 38

비 오는 날의 풍경 /40

김밥 / 42

보름달 / 43

사리친견 / 44

휴휴암 / 46

환희대 선방에서 / 48

중생 / 50

시계 / 52

조약돌의 추억 / 53

별 / 54

촛불·1 / 55

해빙기 / 56

부채 / 57

산 / 58

처방전 / 60

제2부 참 좋은 인연

참 좋은 인연 / 65

결혼기념일 / 68

선물 / 70

좋은 인연 / 72

술래놀이 / 73

할머니 찌찌 / 74

첫차 / 76

추 억 / 78

가족의 힘 / 80

감동·2 / 82

차례

손가락 선인장 / 83

20년만에 / 84

수행의 덕 / 86

사랑·1 / 88

무제 / 89

모 정 / 90

놀 이 / 92

소 망 / 94

예쁜이 / 96

술 / 98

열꽃 / 100

선물 / 102

방생 / 104

웃음 / 105

편운재의 봄 / 106

참게의 유혹 / 109

설무 / 110

비 오는 날의 숲 / 111

백두산과 천지 / 112

배꼽 / 114

자리 / 116

일출 / 119

사랑아 / 120

사진 / 122

유품정리 / 124

부모 자식 / 126

동행 / 128

고보당 / 130

고향 / 131

영원한 해병 / 132

제3부 생명의 힘

어린 것 / 135

희망 / 136

마스크 / 138

풍경 / 140

벌 / 142

생명력 / 144

엄마 / 146

나팔꽃 / 147

피고 지고 / 148

나 무 / 150

효능 / 152

젖가슴 / 154

생명 / 156

차례

보수공사 / 158

힘 / 159

할 수만 있다면 / 160

노래자랑 / 162

무궁화 / 163

봉숭아꽃 / 164

노을 / 165

제4부 차를 마시며

차를 마시며 / 169

단풍 / 170

깨를 볶으며 / 172

소통의 힘 / 174

방 / 176

삶 / 179

부엉이 바위 / 180

모래의 웃음 / 181

담쟁이 / 184

염원 / 186

구름새 / 188

답 / 190

폭 포 / 191

가을비 / 192

강가에서 / 194

바다 / 195

매화 / 196

늙은 오이와 호박 / 197

술 / 200

금당실 솔숲 / 202

호소 / 204

파동 / 206

제1부

마음공부

오늘

내 삶의 중심은
언제나 오늘
바로 지금이라네

모든 일엔
다 때가 있는 법
지나고 후회하면
내 것이 아니라네

순간
찰나의 지혜로운 판단이
오늘을 있게 하는 힘
살게 하는 힘

마음공부

마음공부
새벽 네 시

신묘장구대다리니경 틀어놓고
가족 위한 기도로 시작하는 모정

옆에 놓인 가족사진
그 얼굴 얼굴들 바라보며
축원하는 마음
아침 공부의 시작이다

날마다
유튜브로 만나고 듣는
스님들의 법문
선지식들의 법문은
생활의 힘이다

때론 하심의 마음없이
법상에 앉아 박사스님 내세워도
반말로 하대하듯 하는 설법

다 옳은 이야기라도 돌리는 채널
내게도 있는 선택

부족함 많은 중생이라도
귀는 열려있고 분별심 있는 마음
듣고 쓰며 외우면서 공부하네
날마다 나를 다스리는
마음공부

인생은 끝없는 배움의 연속
들숨 끝내는 그날이
숙제 끝

웃음꽃

나는
나는 꽃이요
웃음꽃이랍니다

너도 웃고
나도 웃으면
만발하는 웃음꽃

웃어요
웃고 살아요
웃을 일만 있을 거예요

웃는 얼굴에
찾아오는 복과 행운

키우지 않아도
물주지 않아도
언제라도 웃으면
꽃이 피는 웃음꽃

하하하 웃음꽃
호호호 웃음꽃
허허허 웃음꽃
깔깔깔 웃음꽃

마음으로 웃고 있으면
입으로 피는 꽃
얼굴 가득 피는 꽃

빌딩

누군 걸어다니는
중소기업이라지만

난
70년된
낡은 빌딩이라오

네비로도 찾을 수 없는
세상에 하나밖에 없는
움직이는 빌딩

노후된
아담한 건물이지만
아직은 쓸만해
동서남북 어디라도
자유롭게 다닌다오

욕심부리지 않으면
내 몸 하나 관리할 만큼
들어오는 용돈

「인생은 신중하게
생활은 검소하게」라는 가훈
아직도 실천 중

찾으려 하지마오
주인과 건물
늘 함께 다니는
숙영 빌딩

도봉산역

환승하는
도봉산역에서 내려
양주행 전철 기다리느라
잠시 의자에 앉으면

어느역에서도 보고 듣지 못하던
새들의 노래 소리

지지배배 지지배배
구구구 구구구
참새에서 비둘기까지
합세하며 반기는 아침인사

고개들어 도봉산 바라보며
이 순간 감사하며
모으는 두 손

그 모습 내려다보며
웃는 얼굴 보이는 산
늘 묵묵히 그 자리 지키는

도봉산의 의연한 모습
자연의 그마음 닮고 싶어라

산은 산이요
물은 물인 것처럼
나는 내 인생의 주인공으로
살다가리다

수업중

긴 발 물에 담그고
깊숙이 부리 넣어
잡아먹는 먹이

오늘은
어린 황새 데리고 나와
수업중

어미 졸졸 따라다니며
어미의 말 귀담아 듣고
알았다고 알겠다고 까닥이는 고개

긴 발 조심조심 강에 담그는 발
해질녘 강가의 평화로운 정경

가족이 함께 모여
식사 할 때가 행복이지

어른과 아이
어미와 새끼 어울려

도란도란 이야기 나누는
그 시간이 가장 좋은 공부시간
수업의 시작은 늘 사랑이지

달과 놀다

넓은 마당
의자에 앉아
보름달 바라보며
둘이 놀았네

평소 보름달보다
한뼘은 더 큰
한가위 둥근 달

오늘은
별하나 보이지 않는
달만의 밤하늘

손 흔들어 신호 보내면
달빛 프리즘으로
내 가슴에 안기는 달

동안의 긴 이야기
달에게 전하고
수고했네 수고했어

달에게 위로 받는 밤

누워 잠 청하는 창가에
아직도 안 가고 지켜 주는 달
그 달빛만 믿고 일어나 끄는 방불

뒤척이다
혼자두고 잠들 수 없어 다시 일어나
창문 열고 달과 노네

불모산

삼천포에 떠오르는 일출 바라보며
배를 타고 떠나는 사량도
수많은 산을 올랐지만
사방이 이토록 투명한 바다
그 바다를 품고있는 아름다운 산은 처음이네

달바위에 앉아 그대와 바라본 사량도
인생을 苦라 한 사람들아
이곳에 오르고 보니
인생은 아름다운 등산이란 걸 알게 되네 보게 되네

사랑하는 사람들아
모두들 다녀 가시게나
꼭 보고 가시게나
가슴이 확트이는 이 좋은 풍경
함께 보고 싶네 누리고 싶네

가파른 석산 수없이 오르내리며
나무를 잡고 돌을 잡고 마음의 중심을 잡으며
내려온 산행길

그길에 인생 있었네
내가 있었네

휴양림의 밤

계곡의 물소리도 음악되어 흐르는
지리산 자연휴양림
오랜만에 느끼는 숲의 싱그러움
마시고 또 마신다

별이 하나둘 보이기 시작하는 시간
모닥불에 한기를 달래며
자연사랑 문학제가 열린 이곳에서
듣는 시와 노래

탁탁탁 타다닥 탁탁
튀기는 불꽃은 하늘로 오르다 사그러져도
내 가슴에 날아든 불꽃 품고 있으면
시의 씨앗이 되겠지

늦은 밤
마지막 재가 되는 그 순간까지
따스함 전해준 나무들의 사랑 지켜볼 때
비린내 골의 물소리는 내 몸 구석구석까지
돌고돌아 청정한 기운으로 새로운 힘 솟게하는 이 놀라움

무엇으로 보답할까

실천하리라
물과 나무의 마음 닮아가는
그들의 친구되어
자연사랑 실천하리라

놀이

찹쌀떡의 끈기 이기지 못하고
씌운 어금니가 쑥 빠져나온 날
치과에선 더 이상 지탱하지 못할 약한 뿌리에
땜질은 불가능이라네

찬바람 나면 뽑기로 하고
아쉬운대로 필요할 때마다 끼어넣는
떨거덕거리는 금니 두 개

혀로 밀면 툭 빠져
한 번씩 껌 씹듯 입안에서
굴려보는 나만의 놀이

심심하지 않아도
이젠 습관처럼
하루에 몇 번씩
빠진 이를 가지고 노는 재미

남들이 보면 껌을 씹는지 알겠지만
떨어져나간 어금니 제자리 찾아주는

놀이라는 건 알까 몰라

뽑혀질 그 자리에
의치가 자리할 날까지
하루에도 몇 번씩 공기돌 굴리듯 입안에서 가지고 노는
빠진 이 두 개

세상의 모든 사물
무엇이건 재미난 눈길로 보며 살고 있긴 해도
빠진 이가 시가 될 줄은 나도 몰랐네

인생 산다는 것이
때때로 별거 아닌 것에도 즐거움 얻고
재미난 놀이가 될 수 있다는 것이 신기하기도 해
피익 고무풍선 바람 빠지는 소리내며 웃기도 하지
하늘로 오르지 못하는 빨간 풍선의 아쉬움
시로 남기면서

천리포 수목원

서해안 고속도로를 달려
만리포 지나 도착한
천리포 수목원

29주년 결혼기념일에
수목원 회원되어
세상에서 가장 아름다운 얼굴과 마음들이
모인 이곳을 그이와 함께
걸어보고 싶어 찾아온 곳

해송집에서 바라본
만리포의 노을 가슴에 담으며
아름다운 노년을 생각해 보는 즐거움

수목원에서 생전 처음 본
분홍 목련꽃 같은 새댁이던 내가
이제는 꽃이 더 예쁜 나이 쉰을 훌쩍 넘었어도
마음만은 은은한 향기 간직한 꽃이고 싶은 여인

수목원 꽃과 나무들아

나도 이곳에서 피어나는 귀한 수종의 너희들처럼

보고 또 보고 싶은 시 읽으면 읽을수록 살아갈 힘이 솟는

그런 시 쓰는 시인이 되고싶다는 걸 기억해 주렴

그리고 내게 그럴 힘을 실어주렴

아름다운 수목원처럼 세계의 모든 이에게

감동주는 그런 사람 되고 싶구나

비 오는 날의 풍경

산도 비에 젖으면
하늘과 한몸이 되는 걸까

우산을 받고 올라온 동산에서
바라본 남한산은 보이지 않고
모두가 하늘뿐

바람에 몸을 흔드는
나뭇잎과 가지가 젖은 몸 털며
바람의 형체를 말할 뿐
내겐 바람 한 점 불어오지 않는다

사우나로 젖은 머리 매만지며
발길 돌려 동산에 오른 것은
가끔씩 내게도 푸른 산의 정기가 필요하기 때문이다

추적추적 내리는 봄비에
흠뻑 젖어보고 싶은 뿌리의 본능

내일이면 내 생각의 뿌리에도
온몸 타고도는 푸른 생기 느낄 수 있을까
이 비 흠뻑 맞고 서있으면
나도 푸르른 나무 될 수 있을까
그럴 수 있을까

김밥

더불어 사는 삶속에
누구에게나 사랑받는
양식이 되는 밥

내 인생은
한 줄 김밥이고 싶다

부담없이 형식없이
읽어 내려가는
한 편의 시에서 느끼는 담백한 맛

가끔은
그런 맛이 그리워
펼치는 시집
썰지않은 김밥 한 줄
그대에게 주고 싶다

보름달

그래,
바라 보기만 해도
위로가 되는 얼굴

바로
너였어

사리친견

수덕사
성보박물관에서
친견한 부처님 진신사리

돋보기를 통해 본
사리함에는 영롱한
진주빛 사리가 48과

중생의 몸엔 담석이 생기고
깨달음을 얻은 부처의 몸에서는
지혜가 뭉쳐 영롱한 빛을 발하는가

조개의 상처에선 진주가 되고
소나무의 상처에선 호박석이 되듯
인생의 상처는 보살이 되는 걸까

살아보면 알게되지
아픔 없이 태어난 열매
이 세상 어디에도 없다는 걸

다비식이 끝난 후에야
그 뜨거운 인고의 속내
만날 수 있으니 뵐 수 있으니

내 마음 출렁이는 바다에는
부서진 모래만이 서걱이는데

얼마나 더 출렁여야
흙진주 같은 시 한 편
품을 수 있을까
쓸 수 있을까

휴휴암

몸도
마음도
쉬고 가라는 관세음도량

중생의 고달픔
그 넓은 가슴으로 품어주는 바다
그 바다 같은 마음 지니신 분 관세음보살님

파도도 달려와 쉬고 가는 이곳
방생한 물고기 떼들이 늘어난 가족 이끌고
감사의 인사드리러 찾아오는 연화법당
그곳 너래바위 아랜 물고기들의 천국
몰려오는 수천 마리의 향어떼와 우럭·놀래미·황어
그들 모두도 휴휴암 불자들이라네

미물의 생명도
쉴 자리 찾아와 떼 지어 몰려드는 이곳
중생의 어려움 참회의 기도로 풀고 또 풀어
신묘장구대다라니 경 읽는 소리
끊이지 않는 도량

묘하고 묘한 이곳이 바로 극락세계
천수천안 관세음보살님 계신 곳
푸른 동해바다 이곳 도량 앞에 나투신
누워 계시는 모습으로 쉬고 계신 관세음보살님
달려온 파도도 그곳에선 백련으로 피어나는
아름다운 곳

마음 비워 쉬고 나면,
소원이 성취되는 묘한 자비의 도량
이곳이 바로 휴휴암이라네

환희대 선방에서

마중나온 스님들께
합장으로 예 올리며
오르는 수덕사 환희대

어서들 오시게나.
모셔논 영정 속 일엽스님
여성문학인회 일행 반기시며
함께 한 자리

성북동 성나암에서 뵈온
낯익은 모습이기에
저왔어요 스님
독백하듯 전하는 안부

솔잎차에 취하면
노래가 나온다는
월성스님의 말씀에도
가슴에 키우는 소나무 한 그루에
곰삭은 향을 붓고 또 부어
솔잎차 같은 시 한 편 쓰고 싶네

손상좌 월성스님
푸른 소나무 같은 심성으로
이곳을 살피시니
사시사철 깨어있는 정신
곳곳에 가득하네
정신이 번쩍드네

중생사랑 펼치신 일엽스님
그 깊은 뜻
해처럼 찬란하게 비추네
노을처럼 가슴에 물드네
환희대 이곳에 서면

중생

상식을 잃은 후엔
통하지 않는 대화

마주하면 할수록
황당함만 더해
끓는 분노
난 아직 부처도 보살도 될 수 없어

타는 불 끄기 위해
무념으로 돌아가
눈감고 행하는 묵언

어쩔거나
고달픈 중생의 삶
버릴 수도 던질 수도 없는 목숨

얼마를 더 참아야
얼마를 더 견뎌야
이 고통 벗을 수 있을까

빛의 고통이 색이라던
괴테의 깨달음
그 아름다움 품기 위해
얼마를 더 아파야 하는 걸까

흰구름 두둥실
날 보고 따라오라 하네
바람되어 따라오라 하네

시계

살아계시네
내 어머니

삼십 년 넘게
엄마의 팔뚝에서
함께한 손목시계

태엽을 감으면
다시 살아나는 시계처럼
살 수는 없어도

그 정신
그 숨소리
기억하며 사네
바라보며 사네

조약돌의 추억

내 재산의 전부였지
깡통 가득 모은 공깃돌
마당 가득 쏟아붓고
허물 벗겨지도록
쓸며 놀던 어린 시절
물집나게 돈을 센들
그토록 재미날 수 있을까

해질녘
불 켜진 담장 밑 찾아가며
숨어 놀던 친구 그리워
강가에서 주운
조약돌 바라보며
그려보는 얼굴

그들도 지금
모나지 않는 마음으로
공깃돌 굴리듯 둥글게 살고 있겠지

별

새벽 세 시
설악산에 오르다
내가 본 그 별은

이 세상에서
가장 큰
옥수수 알갱이였어

윤기나는
찰옥수수

촛불·1

불을 밝히면
시작되는 말씀
시종여일 인자한
눈길로 베푸는 사랑

때늦은 참회
무릎 꿇고 합장하면

환하게 미소짓는
한 송이 연꽃
비로자나 부처님

해빙기

화해의 손길로
녹아내리는
가슴속 얼음 기둥

물
물이 되어 흐르네

한기를 느끼던
외로움의 실체는
서로간의 작은 오해로
쌓아온 벽

그 벽을 허물고
들어온 바람은
봄기운으로 찾아온
사랑이었네

부채

다섯 손가락
쫘악 펴고
땀을 식히는 손부채

살랑살랑 흔들면
한 그루 향나무인 양
숲속의 바람을 몰고 오는
향나무 부채

갈수록 침침해지는 눈
가방 속 필수품으로 넣고 다니는
글씨 큰 전철 노선표로 만든
종이부채

사시사철 땀이 많은 내겐
꼭 필요한 바람
내 손길 필요할 땐 언제라도 너의 곁을 찾는
바람 같은 여인이고 싶다

산

모든 것이 넉넉한
산의 마음
그 마음 배우고 싶어
산을 오르네

가진 것 없이
빈손으로 올라도
시원한 바람으로 온몸 감싸며
반기는 손길

언제라도 찾아나서면
그 자리 그렇게 지키고 서 있는
변치 않는 마음처럼
바뀌지 않는 산의 주소

늘푸른 그 몸에서 풍기는
그만의 향기
아름드리 소나무 꼬옥 안아보면
솔바람 한 줌 쥐어주는 나무의 사랑

오르는 산마다 모습은 달라도
믿음직한 침묵으로 이름값을 하는
산, 산이 좋아
산을 오르네
너를 찾아가네

처방전

몸살을 앓고 있다

입이 있어도
말할 수 없는
고통스러움

약속을 지키지 못한 날엔
벨소리에도 두근거리는 가슴

전화를 받으면
혈압은 오르고
더 큰 것을 잃어도
나를 살리기 위해
끊는 전화

처방전이 있어도
살 수 없는 약

고마운 씨앗 하나
가슴에 품고

희망을 잃지 않고
사는 오늘

할 수 있다는
용기와 믿음 하나로
떠오르는 태양 바라보며
모으는 두 손

새날을 살고 싶다
새 모습의 나로 태어나고 싶다

제2부

참 좋은 인연

참 좋은 인연

일 년에 몇 번
안부전화로
근황을 알리던 지인

20여 년 전
식당 벽에 걸린 신영복 교수님이 쓰신
더불어 숲 액자가
맺어준 인연

그땐
백합조개 듬뿍 넣어
맛나게 끓여 주던
삐죽이 칼국수 사장님이었지

말솜씨, 음식 솜씨가 일품인 그분은
한때는 병원 조리장을 하며
날 도와준 인연

이젠 수필가가 되어
함께 문학을 이야기하네

얼마 전 미망인이 된
내 소식 전해 듣고
축하한다는 말로 위로를 대신하던
배짱 좋은 여인

나보다 먼저 혼자돼
8년 전부터 혼자 지낸다는
넓은 시골집
통째로 내놓으며 작업실로 쓰시며
함께 살자하네

살아 진천
죽어 용인이라더니
이젠 갈 자리 남편 곁에 마련해 두었으니

남은 여생 진천에서
살아볼까 고민 중

자연이 많은 그곳에서 함께 지내면
더불어 숲은 못 돼도
친구되고 말벗되겠지

넓은 마당 가득
예쁜 글 꽃밭 가꾸며 살 수 있겠지
서로에게 격려와 힘 실어주는 이런 만남
참 좋은 인연이네

결혼기념일

이젠 마주 보며
그 날의 추억
이야기할 그대가 없다

결혼한 지
46년이 되어
홀로 된 삶

모든 게 영원할 순 없지만
날이 갈수록
점점 더 크게 느껴지는 빈자리

TV가 안 나와도
컴퓨터가 말썽을 부려도
즉시즉시 고쳐주던 빠른 손
때론 그의 잔소리가
듣기 싫어 말대답 대신
방문 닫고 들어가
자는 척 누워있던 철없던 내가

그 목소리 그리워
두리번거리며 찾는 그대

아직도
내겐 익숙지 않은
미망인의 삶

가끔씩 늦은 밤
식탁에 앉아 혼자 차려 먹는 밥에
목이 메이는 날

그대가
참 많이 그립다
'이＿ 명＿주' 나외리 오마

하늘나라와 통하는
무전기 하나 갖고 싶다

선물

어쩔거나 어쩔거나
입안이 헐어
물도 제대로 삼키지 못하는 고통
이래도 살아야 하는 건지
혼자 내뱉는 남편의 말

항암주사 4차를 끝내고
회복기에 겪는 통증은
물도 쓰단다

그래도 그대
살아 있는게 내겐 큰 선물이라며
토닥토닥 두드려 주는 마른 등

생일이라고 내 머리 위에
왕관을 씌어주고 불러주는
가족들의 축하노래
방문 열어놓고 침대에서
바라보는 애처로운 눈빛

울컥 목이 메이지만
꿀꺽 안으로 삼키는 눈물

내년 칠순엔
왼쾌한 건강한 모습으로
함께 박수치며 촛불도 불고 케익도 먹으며
그대의 노래 듣고 싶다
그 선물 받고 싶다

좋은 인연

우리 얼마나 소중한
인연인가

문학을 사랑하고 좋아하는
문인들이 모인 문학생활

그 많고 많은 사람중에
만난 좋은 인연

만나면 반가워
서로 등 토닥이며 힘 실어주는
열린 마음으로 품어주는 넉넉한 사랑

이제 우리
봄 바람에 얼음 녹듯
한 마음되어
아름다운 글꽃밭 함께 가꿔요

술래놀이

잡을 사람도 없는데
혼자하는 술래놀이

꼭꼭 숨어라
머리카락 보인다

그래도
그 소리 재미있어
웃으며 찾는 나

누군가
날 찾는 사람
찾고싶은 사람으로
살다 가야지

백발이 된 날
찾을 수 있을까
마음은 아직도
놀이하던 그 나이인데
꼭꼭 숨어 보이지 않으려 하네
들키지 않으려 하네

할머니 찌찌

한때는
내 아이들의 밥통이던 젖가슴

이젠
두 손자 반갑게 달려와
할머니 찌찌 할머니 찌찌 노래 부르며

한 통씩 차지하고
주물럭 주물럭 놀이가 되네

탄력 잃은 젖가슴에
손을 넣고 저렇게 만족스런 표정으로
함박웃음 웃는 3살 8살 두 손자

세상 어떤 노래보다
형제가 부르는 이중창

할머니 찌찌 할머니 찌찌
내겐 최고의 명곡이네

들으면 들을수록
사랑스럽고 행복해지는 이 마음
이준·원준은 알까 몰라
할머니 이 마음

첫차

아침
6시 35분
첫 버스를 타고 달리는 시골길

차창 밖은
벼가 푸르게 자라는 논에
긴 부리 담그고
이른아침 식사하는 황새
혼자 또는 둘, 셋

2일 7일 장날엔
보따리마다 가득 묶은
강낭콩이며 마늘 묶음 들고
차에 오르시는 어르신들의
활기찬 모습

다 팔고 나면
손에 쥐어질 돈 생각에
등에까지 짊어진 다듬어진 나물

풀물든 검푸른 굽은 손가락
오늘은 황금손으로 돌아오시길

추 억

두~둥
쒸~소리내며
하늘로 올라가는 열기구

사방이 탁 트여
멀리서 함께 오르는
여행객의 환호성이 들리는
터키의 새벽 하늘

구불구불 기이한 지형에
흰장미와 버섯모양의 석회석
구멍 뚫린 동굴집 위를 날으는
모자이크 무늬의 멋진 애드벌룬들
카파토키아 새벽 하늘은 축제중

바구니에 함께 탄
남편의 손 꼬옥 잡으며 느끼는 행복
열기구 조정하는 뚱뚱한 독일 여 비행사
씨익 웃으며 엄지척

10여 년의 세월 흐른 지금에야
시 한 편 쓸 수 있는 행복한 추억

그렇구나
추억은 늙지않고
마음 속에 남아
나와 함께 살고 있구나

생을 살면서
잊고 사는 일 수없이 많아도
잊혀지지 않는 즐거운 추억있어
그 힘으로 오늘 잘 살고 있구나
두~둥

가족의 힘

닭의 두 발은
손도 되고
발도 되고

12마리의 병아리들
몰고 다니는 어미닭

영하의 날씨에도
맨발로 힘차게
지그재그로 휘젓는 잔디밭

낙엽 밑에
숨겨둔 먹이가 있는 걸까
쪼르르 달려가 콕콕 찍어 먹는 병아리들

동물이나 사람이나
먹는 시간은 평화롭고 조용해
그 틈에 어미닭 뒤로 물러서서
부리로 다듬는 털

보는대로 배우는 걸까
어미가 하는 짓 눈여겨 보곤
그 작은 발 들어 땅 휘젓는 병아리

삐약삐약 소리내며
어미따라 하나 둘 셋
얼마만에 들어보는 정겨운 소린가

가족과 함께하는
깨어 있는 어린 것들의 합창은
늘 희망이고 봄날 같은 행복이다

감동·2

한 달에 두세 번
만나는 반가운 얼굴

손자가 읽어주는 동화책
재미나게 듣고 있거나
색칠해 오려 놓은 동물이나 로보트 보며
칭찬해 주는 외할머니인 내게

오늘은 가지말라고
양말을 벗으란다

오래 함께 놀고 싶은 걸까
손님처럼 와서 한두 시간
놀다가는 내게
특별 보너스 같이 던지는 큰손자 그 말

할머니
양말 벗고 나랑 놀아

손가락 선인장

손가락이 23개
가만히 세어보니
손가락 사이에
새끼친 작은 선인장 2개

자라는 생명
사랑스럽긴 해도
작은 화분에 옹기종기
숨 쉴 수 없는 복잡함이 싫어
젓가락으로 떼어버리는 냉정함

생각의 가지도 쳐내지 않으면
내면이 부실해지듯
지금 여기서 좀더 충실한 일상
보내고 싶다

튼실하게 자라는 이모습
지켜주고 힘 실어 줘야지
여유를 가질 공간 마련해 줘야지
그 자리에 피어날 빨간 선인장
그 꽃 볼 수 있겠지

20년만에

심한 감기
회복된 후

긴 머리카락마저
무겁게 느껴져
20년만에 단발로 자른 머리

참 좋다
가볍고 홀가분한 이 기분
작은 변화에 힘이 난다

올린 머리만 고집하던
나의 아집도 세월 갈수록
여유로워지는 걸까

풍성했던 머리숱마저
지나는 바람에도
생기는 길

갈라진 그 길 보이기 싫어
색색의 모자 바꿔 쓰며
변화를 주곤 했지만

모자속 감춰진 머리는
백발의 길 내며
눈길을 보이네
백설지성 그 성품으로 살라하네

수행의 덕

그분*은
30년 지기
내 친구

참을 수 없는 것
이겨내며 새벽별 보며
한겨울에도 혼자 오르는 산행

덕분에 깊은 산
골짜기에 핀 꽃이나
멋진 바위의 숨은 모습
눈 덮힌 산의 풍경

보내준 사진과 글 보며
앉아서 즐기네
큰 응원의 박수 보내며
감탄하네

경험하지 않고
땀 흘려 체험하지 않으면

쓸 수 없는 시와 심층 여행기

그의 애독자되어
밑줄 긋고 읽고 또 읽는 책

미얀마 21일 여행중
관세음보살님과 아라한을
친견한 덕 높은 수행자

그의 치열한 삶과 글에서
느껴지는 바다의 비릿한 향기와
큰 마음 닮은 참 멋진 친구
만수무강하시길

———————————

*그분 : 이시환 시인, 문학평론가

사랑·1

태명이 사랑인
6살 손자

친할머니 품에 안겨
말랑해진 팔 만지다
할머니 살은 왜 말랑말랑해?
나이가 들어 살에 힘이 없어 그래

말랑말랑한 거 싫어
그럼 빨리 죽자나
할머니 죽으면
누가 지한 밥 먹여줘

할머니 오래 살게
밥 많이 먹어야 해

할머니 집에 밥 없으면
지한 집에 와
내가 밥 줄께

무제

수천 개의 작은 점으로
그려진 동그라미 속에
있는 우주

들숨 날숨 모아 숨죽이며
땀방울로 그린 그림

전시된 작품 모두가
무제가 제목인
그분의 큰 마음

화백의 손을 떠난 작품은
관객의 몫
이는 만큼 보고
보는 만큼 느끼는
예술의 세계

툭 던지는 화두
그 속에 빠져드네
원만 성취 기원하네

모 정

눈 뜨면 문 열고 나가
한 대접 마시는
강화의 맑은 아침공기

내 건강 지키는
최고의 보약

사랑하는 식구들 생각하며
맑은 기 불어 넣어 큰소리로
불러보는 가족들 이름

오늘 하루도 건강하고
평화로운 마음으로
행복하길 기원하며
전하는 사랑

하루가 일생이란 그말

가슴에 새기며
바람의 발길로 달리는 모정

다시 오지 않는 지금
순간을 산다
오늘을 산다

놀 이

오랜만에
만난 세 살 손자

달려와 품에 안겨
한손 젓가슴에 넣고
꼭지를 누루며
딩동 딩동

누구세요?
할머니 손자예요
어느 어린이집 다녀요?
잠원 어린이집

무슨 반?
달님반이요
아빠 이름은?
강석훈이요
엄마 이름은?
이린이요
네, 다 맞았어요

신나는 표정으로
소리내 웃으며
반복 또 반복하는 딩동 딩동

어린이 집에서
친구들과 재미난 시간
보냈어도

할미와만 통하는 놀이가 있지
둘만의 남다른 사랑 확인하며
충전하는 신나는 놀이
딩동 딩동

소 망

아직
마음은 열일곱이지만 이젠 서서히
욕심 내려놓고
마음과 주변 정리하며
살아야 할 노년

평생
영악하지못해
철없이 살아온 내게
당신은 내가 도깨비방망인 줄
아느냐던 남편도
이젠 70의 나이

40년 넘게
부부의 연으로 만나
넷 딸 낳고 건강하게 잘 커
각자의 역할에 충실하고 있으니
감사하고 또 감사한 내 생이여

딸들은 결혼해

난 낳아보지 못한
잘 생기고 건강한 아들 낳아
손자라는 이름으로 안겨주니
이 또한 복되고 감사한 일

앞으로 10년
건강한 모습으로
밝게 잘지내다

가을 어느날
마지막 시 한편
노트에 써 놓고
잠든 듯 떠나길 바라는
내 소망

그 소망 이룰 수 있게
건강관리 잘하며
예쁘게 살아야지
나음 나누며 살아야지
그대와 함께

예쁜이

어르신들 식사가 끝나는 시간이면
문 밖에서 대기중인 다섯 마리 고양이

무리 중에 유난히 애교기 많고
날 반기는 눈이 파란 회색 고양이

문 열고 나가면 다리에 감겨
온 몸 비비며 꼬리 세워 톡톡 치는 사랑 표현

환영 받고 사랑 받을 수 있는 건
행복한 일이지만 이젠 그 사랑과 관심도
책임이 따르면 부담으로 느껴지는 나이

생선을 굽는 날이면 야옹 소리가 더욱 커져
잔반통에서 골라주는 생선머리와 뼈

어쩔꺼나
예쁜이 너로 하여 무너져 버린 내 마음
어느새 이름까지 지어 나도 모르게 부르는 이름

오늘은
어린 시절부터 지금까지 함께했던
반려견과 고양이 그 이름 기억하며 불러본다

루비, 아롱이, 방울이, 재롱이 4대와
똘똘이, 똑똑이 그들 모두는 떠났고
지금은 세 번째 둥이와 예쁜이
그들과 마음 나누며 살지 사랑하며 살지

술

반갑다며
건네는 한 잔 술
잔 가득 채워지지 않은 술은 술이 아니다

애주가와 30년을 살다보니
술과 친해지는 법을 배울만도 하건만
바라만 봐도 취하는 체질인지라 한 잔 술에 오르는 취기

나름대로 주도는 있어
마시고 싶지 않은 술은
냉정히 외면하고 돌아서는
도수 높은 안면몰수

때론 안주 없는 술자리에 안주로 앉아
분위기를 깨지 않는 끈기도 필요해
사랑이라는 이름으로 오랜 시간 마주하기도 하지

일렬횡대로 술병이 비어갈수록
초점을 잃은 눈은 흔들리고
내 마음도 흔들려 넘어가지 않던 술이 술술 넘어가

향기에 취하고 분위기에 취해 노래를 부른다
애주가의 노래를

열꽃

뜨거운 속내 풀지 못해
사시사철 열꽃이 피는 여자

청춘의 여드름은 얼굴에 나고
중년의 여드름은 가슴에 나는 걸까
한 이불을 덮고 살아도 모르는 남자

남자의 열꽃은 입에 피는 것일까
점점 커지는 목소리로 정신을 빼곤
여자의 입은 먹을 때만 움직여야 하는지
한 마디만 하면 열 마디로 들리는 입

다음생엔 벙어리와 살라며 다무는 입
대화의 단절은 일방통행으로 끝나고
내 사랑은 뿔뿔이 흩어져
귀 열고 눈 크게 뜨고 소리와 문자
그리고 자연으로 돌리는 마음

그곳에 나의 꽃밭은 무성해
바라보며 꽃이 되는 여자

눈길 돌리면 나비가 되고 새가 되는
자유로운 날개를 가졌어라

이 세상 무엇보다
가장 뜨거운 마음과 열정 속에
사시사철 열꽃이 피는 여자

뜨거운 입김에 시린 손 녹이며
시를 쓰는 여자 시를 읽는 여자

선물

자식인 너와의 첫 만남
이 세상 여자로 태어나 받은
가장 큰 선물

아내되고 엄마가 되어
걸어온 여인의 길
인중유화의 실천만이
너와 나 그리고 가정을 지켜온 힘이었지

기쁨만이 내 것인 양
감사의 기도로 보낸 30년
앞으로의 생도 감사할 일만 있길
날마다 기원하는 마음

사랑하는 이들의 건재함이
내겐 큰 기쁨이요 선물인 것을
그 모습 느끼고 바라볼 수 있는 고마움
내가 살아있는 지금 이 순간이
참으로 좋은 날인 것을

딸들아
아름다운 우리나라
넷밖에 안 되는 딸들아
대한에 꼭 필요한 딸들 되어
사랑 나누는 삶 살아주길 바란다
내가 주는 선물은 사랑의 실천 봉사의 마음이다

방생

거리에 버려진
작은 어항 속
금붕어 두 마리

뻐끔거리며
몰아쉬는 가쁜 숨

모른 척 외면할 수 없어
집 어항에 넣어주니
긴 꼬리 흔들며
고맙다고 인사하네

미물의 금붕어도
제 목숨 은인 보면
반기는 걸까

이젠
밥 달라고
얼굴 내밀며 떼를 쓰네
쩝쩝거리며 달려드네

웃음

까꿍 소리에
피어나는 꽃
아가의 함박웃음

어느 꽃이
활짝 웃는
손자의 얼굴보다 예쁘랴

빈 입속에
분홍빛 꽃술 하나

비릿한 젖 향기 나는 아가의 양볼
품에 안고 얼굴에 입 맞추면
까르르 소리내는 환호성

그 꽃 보고 싶어

내 발길은 어느새 딸네 집 문 앞
까꿍 까꿍 까꿍
사시 사철 피는 꽃
아가의 함박웃음

편운재의 봄

이천 삼 년 삼 월 십이 일
난실리로 돌아온 선생님을
맞이한 건 고향사람들이
준비해 논 꽃상여

여덟 명 장정들이
선생님의 운구를 모시고
오르는 편운재 그 길은
피어있던 꽃들마저 눈물 떨구는
슬픔의 길이었습니다

우리나라 시의 아버지이신 선생님을
어머니의 품인 고향 유택에 탈관으로 모신 후
가족들이 마지막으로 덮어드린 따뜻한 흙
그 흙 두손 모아 서너 줌 뿌려드리고 외우는 광명진언
흰국화 꽃으로 덮힌 흙 위에 차고 있던 단주를 넣어드리고
바라본 하늘

아 조국의 하늘은 나의 하늘이라던
묘비에 새긴 글귀처럼

하늘 바라보고 누워계신 머리 위엔
두둥실 구름 한 점 떠 있습니다

한 조각 구름처럼
발이 없어도 유유히 다니실 조국의 하늘
그 하늘 위에 못 다 쓰신 당신의 고운 시와
그림 맘껏 쓰시고 그리세요

선생님
고향땅 그 흙의 숨결이 살아있는 한
선생님은 영원한 시인이시며
내 시의 아버지이십니다
아니 모든 시인의 아버지일 것입니다

어머님의 심부름 끝내시고
선생님은 고향땅으로 돌아오셨지만
이젠 제게 시킬 심부름이 있으시면 시키십시오
예명으로 등단한 저를 조용히 부르시며

본명이 좋다시던 그 이름
큰 소리로 부르시며 심부름 시키십시오

먼 곳이라도 마다않고 당신의 심부름 잘 하겠습니다
빠른 걸음으로 한눈팔지 않고 전해드리겠습니다

오늘은 장지에서 돌아와
앨범을 뒤적이며 선생님이 보내주셨던
파이프 그림이며 연하장 글귀를 다시 읽어보았습니다
"새해에도 내내 건강하시길 조병화"
무얼 보내드렸는지 생각도 나지 않는데
아름다운 연하장 감사합니다

선생님
식어있는 커피 한 잔으로 마른 목 축이며
까맣게 타 들어간 내 속내 이렇게 쓰지 않곤 배길 수 없어
시 한 편 써서 올립니다
그동안 무심함을 용서해주시고
언제나 건강한 모습으로 뵈었던
그 기억 회상하며 선생님의 시 낭송하겠습니다
부디 극락왕생 하소서

참게의 유혹

커다란 수족관 속
그물 안에 든
참게의 무리

네게 있는 유일한 부드러움
털복숭이 집게손 내밀어
손님을 유혹하면
네 생은 끝나고

잠시 후 식탁에 오른
뚝배기 속 참게탕
찔려가며 맛있게 뜯어먹곤
그 힘으로 쓴 시 한 편

참게야 용서하거라
네 살의 힘은 한 편의 시되어
다시 태어났구나

설무

설무를 보셨나요

눈발 휘날리는
태백산 정상에서
눈 깜짝할 새 끝난 공연

바람의 장단에 맞춰
휘몰아 추는 춤
이 세상 가장 빠른 춤사위였네

온몸 흔들며 환호하는
나무들의 박수소리
그 소리 아직도 귓가에 들리는

설무를 보셨나요

비 오는 날의 숲

비에 젖은
나무의 속살에서
풍기는 비릿한 향

그 숲에 들면 만나는
젊은 날 건장했던
내 남자의 품속

흠뻑 젖어본 후
느낄 수 있는
후련함과 상쾌함이
이 곳에 있네

인생도
비를 맞아야 자라는
마음과 생각

비오는 날의 숲엔
그 남자가 서있다

백두산과 천지

우리나라에서 가장 높은
2744미터의 백두봉

그 산의 가슴엔
자연의 어머니가 살고 계셨다

감격에 겨우면 환호성이 나올 것 같았는데
백두산에 올라선 지금
어쩐 일로 눈물이 나며 숙연해지는 걸까

한발씩 더 가까이 다가서서
마주하고 보고픈 푸른 얼굴
그 가슴에 풍덩 뛰어들면
꼭 안아줄 것 같은 짙푸른 물빛
그 속내를 보고 싶다

하늘빛인가 보면 연초록
초록인가 보면 검푸른 자주빛도 도는
알 수 없는 속내로 신비로움 더하게 하는
가장 가까이에 하늘을 닮아가는 얼굴빛과 마음을 가졌어라

입추인 오늘
2004년 가을을 백두산에서 맞고 보니
백두산의 정기와 천지 기운이 온몸에 스며
날마다 좋은 날로 살 수 있으리라는 예감
그 좋은 기운 함께 나누며 살리라

배꼽

신비한 보석을 보듯
솜에 싸서 간직한
배꼽을 본다

천륜이라는
부모 자식간의 사이
그 질긴 인연의 흔적을
배꼽으로 남기고
가끔씩 은밀히
들여다 보는 보석이여

빛나는 금강석이 제 아무리
값지다 해도
이 세상 하나밖에 없는
생명의 근원
그 무엇에 비하랴

사랑이여
사랑하는 사람이여
바쁘다는 핑계로 잊고 사는

모정이 그리울 때
어머니의 젖가슴을 생각하며
배꼽을 확인하라

나는 누구의 자식이며
우리의 부모는 안녕하신가를

자리

이젠
남편 옆에
묻힐 자리
마련해 뒀으니

이승의 삶
순간순간 최선 다해
더 즐겁게 살다가야지

딸 사위 손자들
효도 받으며
천천히 오라해도

자식한테 신세지지 않고
눈치 보지 않으며
건강하게 살다 자는 듯
그렇게 가고싶어
아끼고
손때 묻은 책과 비품
떠나면 내 것 아닌데

미련 둔들 무엇하랴

그래도
살아생전
누군가 필요해 보고 싶고
찾고 싶은 책들
유용하게 쓰여지길 바라며
기증해야지

무언가
움켜잡으려고
주먹 쥐고 세상 밖 나왔지만
누구나 갈 땐 빈손

땅 속에 묻힌
항아리 속 뽀얀 뼛가루
흙과 한 몸 될 때

우린
어딘가에서
지수화풍의 기운으로

다시 만나리

다음 생이 있다면
부부의 연으로
부모 자식의 연으로
친구의 연으로
스승과 제자의 연으로
모두가 좋은 인연되길 바라네

일출

수평선 위에 찍은
붉은 점 하나로
열리는 하루

태양을 품은
가쁜 숨소리에
붉게 물드는 하늘

눈부신 광채에
두 눈 감아도
뜨거운 열기로
감싸고 도는
그대사랑

바다 위에 깔린
금빛 카펫 밟고
만나는 짧은 사랑이지만
그 만남있어 충전된 하루
날마다 좋은 날일 수밖에

사랑아

너와 나
의지하며
믿고 사랑하면
사람다운 사람

너와 나
마음과 마음
손과 손 마주잡고
소통하면 사랑

사람으로 태어나
사랑 받고 사랑 나누며
살 수 있다면 최고의 행복

환갑의 생 살아보니
이보다 더 값진 일
세상에 없네

사람아
사람아

마음과 정 나누며
함께하는 사람아

얼마나 남았는지
기약 할 수 없는 이승의 삶
사랑하며 살다 가리라
자연의 귀한 생명들과
사랑의 눈길과 마음 주며
살다 가리라

초음파 동영상으로 본
막내딸 태중의 아가
양수속에서 흔드는 그 작은 손
눈에 아른거려 불러보는 태명
사랑이!
아름답고 귀한 생명
안아 보고 싶구나

사진

박사 가운 입은
사위 옆에 다정히
서 있는 둘째딸 린

대견하고 자랑스러운
사위와 딸이다

박사 수료하고
두 아들 키우느라
10년 만에 받은
의학박사 학위

어쩌다 딸네 집에서 잘 때
한 잠 자고 일어나 화장실 가려고 나오면
새벽 2시가 넘은 그 시간까지
책상에 앉아 논문 쓰는 사위
볼 때마다 대단하면서도 안쓰럽던 마음

딸만 넷 키워본 난
아들 키우는 엄마들의

놀라운 체력 싸움에
응원의 박수 보낼 뿐

음양의 조화는
딸도 아들도 필요하지만
인간의 마음만으론 역부족

밤늦은 시간
작은 액자에 담긴
두 부부 사진 바라보면
흐뭇해지는 마음

내조와 외조의 힘 모아
서로를 격려하는 부부의 큰 사랑
그 힘으로 우수논문상 받으며
박사가 되었네

반듯한 인성으로 환자의 아픔
귀담아 듣고 예리한 판독으로
정성다해 치료하는 명의
강석훈 가정의학 박사님

유품정리

여보! 미안해요
오늘은 당신이 평소
즐겨 입으시던 옷들과 모자
신발들 손질해 정리했어요

아직도 방문 열면
침대에 누워 있던 자리
당신이 날 바라보는 듯
깜짝깜짝 놀라는 가슴

난
마음과 기억 속에서
당신을 보내지 못했어요

때론 누워 있는 듯
때론 컴퓨터 책상 앞
의자에 앉아 계신 듯
그렇게 절 지켜주고 계시지요

2022년 3월 12일 49재 그날까지
제가 날마다 정성으로 들려 드리는
천수경과 금강경, 무상계 잘 들으시고
부디 극락왕생하시길 기원합니다

참 많이 그리운 당신
아내로서 부족했던 제 허물
용서해 주시길 바랍니다

미안합니다
사랑합니다

부모 자식

8,000생 속세의 인연
그 인연이 있어야 만난다는
부모 자식 간의 사이

품속 떠난 자식들
악연 아닌 선연으로
살다 가면 좋으련만

말 한마디 실수
지워지지 않는 상처로 남아
소원해지는 관계

자주 만나지 못 해도
전화나 문자로 오가는 대화
음성만으로도 알 수 있는
분위기와 느껴지는 진심

모두가 자기 살기 바쁜 세상
스트레스 받을까 염려되어
혼자 안으로 삭이는 마음

내편 떠나 홀로 된 삶
씩씩하고 강한 척 살아도
서로가 의지하며 사는
인간의 삶

세상 모든 것은 만날 때와 이별할 때
쓸 때와 버릴 때가 있는
유효기간이 있지만

부모 자식은 천륜으로 맺어진 인연
죽어서도 조상이 되네
인연의 끈이 되네

동행

5월 한 달
어딜 가나 가방속에 넣고
동행한 책 한 권

읽고 또 읽고
밑줄 쭈욱 긋고
또 읽어보는 내 마음의 양식

시를 짓고 살아도
글 읽지 않으면
허전하고 배고픈 내 영혼

밥 한 그릇의 행복
물 한 그릇의 기쁨 읽으며
행복했던 그리고 감동스러웠던
오월 한 달

라일락은 피었다 지고
지금은 아카시아 만발한 집앞
광덕산 바라보며 그분께 보내는 마음

스승은
난향을 좋아한다고
'아란'이란 호를 지어주셨지만

광덕스님이 지어주신
자비안을 즐겨쓰는 보살이 되고픈 난
철수님의 소박한 그 마음 그 정신
읽고나면 내 마음 스승되네

인생길 가면서 만난 고마운 인연
도반으로 마주앉아
차 한 잔 나누고파
물을 끓이네

선생님께 올리는 마음으로
마주한 황차
혼자 앉아 마시고 또 마시네

고보당

이름 그대로
온갖 골동품과
패물옥 가득한 방

도인의 인품 갖추신
팔순의 이화성 선생님은
평생 걸어오신 그 길에서 깨우치신 지혜와 정확한 감정법
후학에게 가르치시며 바르게 보는 눈 그 가치 알게 하시네
조상의 얼과 장인의 손길 느끼게 해주시네

가진 자의 검소함과 겸손 실천하시며
수백 년 수천 년 내려온
손때 묻은 고가의 보물 간직한 금고문도
후학을 위해서는 아낌없이 열어보여 주시는 큰 분

인사동 그곳엔
이 세상 하나밖에 없는 보석이 있네 골동품 있네
각자의 생김대로 이름값을 하는
보석이 된 돌처럼
그 베품 더 큰 보물이 되네

고향

20여 년 잔뼈 굵은
내 고향 삼선교

지척의 거리에 두고도
10년 만에 찾아 온 옛길

문패 바뀐 집안 서성이다
요지경 보듯 문틈으로 들여다보는
유년의 빨간 벽돌집

퇴색되지 않은 필름처럼
선명한 영상으로
추억을 불러놓고 붙잡는 발

다시 못올 고향도 아니건만
떨어지지 않는 발길
돌아보고 또 돌아본다

영원한 해병

한 번 해병은
영원한 해병이라더니
고향 친구 학교 동창보다
더 진한 동기애로 뭉친
182기 단합대회

군복이 어울리는
건장한 체격의 그이는
35년 전 해병의 군기 아직도 남아
군복에 군화 신고 우렁차게 부르는 군가

"충무공 순국 정신 가슴에 안고
태극기 휘날리며 국토 통일에
힘차게 진군하는 단군의 자손
조국 건설 위하여 대한 해병대"

함께한 부인들도
같은 기수의 동기된 듯
힘차게 손 흔들며 맞추는 박자
해병의 그 정신처럼
우리 사랑도 영원하리라

제3부

생명의 힘

어린 것

세상 어린 건
모두다 예쁘다

새로 올라온
윤기나는 어린 녹보수 잎

가끔씩 두 잎 붙어나와
하트 모양으로
주인님 사랑합니다
그 마음 전하네

바라보고 만져보고
쓰다듬으며 입맞춤도 해주지
그래, 네 마음 알고 있다
나도 너를 사랑하니까

희망

날이 갈수록
이젠 건장했던
남편의 모습 아니다

바나나도 입에 쓰다고
사탕을 물고 있고
찾지 않던 아이스께끼
몇개씩 꺼내 먹으며
쓴 입맛 달래는
타들어가는 속

항암 주사 부작용으로
울렁거려 식사를 하다가도
몇 번씩 멈추는 수저

어쩔꺼나
잘 이겨 내야지
등 두드려 주며
희망을 전하네

그래도
예후가 좋다는 림프암이지만
100세 시대에 아직은 젊은 나이 74세

무릎연골 수술 후 걸을 만하니
발견된 겨드랑이 혹

자식들 모두 출가시켰지만
한참 예쁜 손자들의 성장과정
함께 지켜보며 응원하며 웃어야지

그대여
희망이 있다면 5년만 더 곁에 있어주오
가족과 지인들께 고마웠다고 감사했다고
미소로 인사하고 그때
함께 갑시다

오늘은 3차 항암주사
6시간의 주사 잘 이겨내고
그 희망 이루어 지길
두 손 모아 기도하오

마스크

코로나19 예방하기 위해
전 국민의 필수품이 된
마스크

전철이나 버스
거리의 시민 모두
시위 군중도 아니건만
안전거리 유지하며
끼고 다니는 마스크

하얀색, 검정색, 파란색
각자의 기호에 따라
가리는 코와 입

70이 가까운 나이지만
쌀배급, 물배급은 보았지만
줄서서 기다리는 미스크 공급은
내 생전 처음 보고 겪는 일

유치원과 어린이집 다니던 손주들
친구들과 놀던 재미난 시간도 휴원으로
집콕하며 이방저방 오가며 책도 읽고
장난감 갖고 놀아도 뛰어놀고 싶은 맘

산골짝에 다람쥐 노래로
흥 돋구는 할머니 따라
손뼉을 치네 숲속을 그리네

오늘은 희망 전하는 마음으로
꽃무늬 마스크하고 외출을 한다

이 봄날
모두가 마스크 벗고
활짝 웃을 그날
그날이여 어서오라
꽃보다 환한 웃음
그 웃음꽃 보고싶다

풍경

마당엔
강아지 두 마리
닭 아홉 마리

한번씩
신발 바꿔 신고 나가
살피는 그들의 근황

꼬꼬꼬 닭 소리내며
하나. 둘. 셋~~~~~~여덟
어~~한 마리 어디 갔지
발길 돌려 혹시나 하고
들여다 보는 닭장 속

어미였다
조용히 알 품고
집 지키는 어미닭
임닭이 울면
집안이 망한다는 세상은 가고
암닭이 울어야

정신 차리는 세상

알 품는 모성이 있어야
살아나는 세상과 가정

서설 내린
눈밭 뛰어 다니며
놀고 싶어도
숨죽이며 깃털 넓혀
알 품는 어미닭의 사랑

찾지마라
나 없어졌다고
찾지마라

언젠가 네 곁에 없어도
늘 가슴에 품고 있는 자식사랑
나도 어미다
너희들의 어미다

벌

여전히 내게서
꽃 향기가 나는 걸까
주방까지 날아든 벌

파리채 흔들며
내쫓거나 잡으려다
눈 밝은 벌의 시력과 후각에
피식 날리는 웃음

착각도 자유라지만
아직도 꽃이라고 생각하며 사는
철없는 인생

아침 산책을 하다 마당 연못에 핀
백련 바라보며 오염에 물들지 않고
피어난 그 꽃처럼 살고 싶다는 생각
그 생각 들킨 걸까

수탉의 우렁찬 꼬끼오 소리
소리 높여 꼭 그렇게 살라고

꼬꼬꼬^^^ 꼬끼오^^^

꼬꼬꼬^^^ 꼬끼오

생명력

싹난 고구마 하나
병에 담아 목마르지 않게
물 챙겨주며 보내는 사랑의 눈길

며칠 지나지 않아
하얀 뿌리 곱게 내리더니
창을 타고 오르는 초록의 고구마 잎

한 개의 고구마도
관심과 사랑의 손길에
쑤욱 쑤욱 줄기 뻗으며
푸른 싱싱함으로 일상의
즐거움 더해주네

하루가 다르게
퍼져 나가던 푸른 잎과 줄기
오늘은 밤사이 창을 오르다
미끄러져 꺾인 줄기

상처난 그줄기 바로잡아 치료해 줬더니
어느새 회복되어 고개 들고 손 흔드네
반갑다고 소리내어 웃고 있네

엄마

창 밖에서
부르는 소리
엄마

2년 넘게 키운 선인장
꽃 피워 놓고
날 부르네

서로 서로 손잡고
연이어 피어나는 꽃들
저요! 저요! 저두요!

그래, 엄마다
너희들 목말라 할 때
밥 준 네 엄마다

나팔꽃

어디서 떨어졌을까
심은 적 없는 꽃씨

빈 화분에 뿌리 내리고
보라색 꽃 두 송이 피우고
나팔 부는 아침

꽃잎에 입술 대고
뿌뿌뿌 소리내는
날 보고 활짝 웃는 꽃

누가 보거나 말거나
누가 듣거나 말거나
혼자 즐기는 일상의 기쁨

떨어진 꽃씨가 꽃피운 이 행복

살아있다는 것은
이토록 아름다운 생명 만나는 일
서로 마주하며 웃는 일이다

피고 지고

봄날의 꽃들
가슴 벅차게
바라보고 만져보고 향기 맡고
돌아서니 어느새 더위가 성큼

인생 또한
점 하나로 시작되어
열 달을 품어 만나본 사랑

눈 맞추며 옹알이하던 그 사랑
이젠 그 또래의 아들 가슴에 품고
젖 먹이며 행복해 하는 딸

씨 뿌려 꽃 피우고 열매 맺는 사랑
그 사랑 피고 지고 거름되어
새 생명 태어나 활기찬 세상

이 세상 무엇 하나
영원한 것 없어
피고 지는 자연의 순리 변함없네

언젠가
너도 가고 나도 떠나야 할 빈 자리
그 아름다운 마무리

그 날이 언제일지 몰라도
오늘을 사랑하리 그대를 사랑하리
생명 있는 모든 것을 사랑하리라

나 무

해마다
봄이 오면
찾아가는 나무

막걸리 다섯 병
영양제로 부어주며
엄마 왔다 엄마 왔어
등 토닥이며 올려다 보면
반가워 가지 흔들며 반기는 나무

30년 전
오천 원 주고 산 대추나무 묘목
이젠 거목되어 해거리하며
주렁주렁 열리는 대추
아파트 동네아이들 따먹는 재미 쏠쏠

이젠
그곳 떠나와
일 년에 몇 번 찾아가 만나고 오는
자식 같이 마음에 품고사는 나무 하나

훈장을 단 듯
실한 대추 열리는 가을이면
몇 개씩 입안에 넣고 수고했네 수고했어
칭찬 받는 힘으로 너는 살고
거목으로 성장한 대견한 널 바라보는 그힘으로
난 오늘을 산다

효능

달리는 고속버스에서
동동거리는 발

며칠 전부터 마셔온
호박즙의 효능으로
온 시선은 휴게소를 향해도

절제의 리듬이 깨어지는 다급함엔
십 분거리도 진땀나게 하는 황당함

문이 열리자
총알같이 달려가는
이 다급함 누가 알랴
뱃속의 창자까지 버린 듯한 이 후련함

버려야 할 것 품고있는 어리석음 이뿐이겠냐마는
약으로 쓰인 늙은 호박의 효능은
버리지 못하는 습성
이젠 정말 버리고 정리하며 가볍게
살아야겠다는 것을 다시 깨우치게 한 계기가 됐으니

약중에도 명약이 되었네

내 마음과 생각 바꿔버린 명약
그 놀라운 효능 얼마나 갈까

젖가슴

한때는
아이의 일용할 양식이기도 했던
이 밥통

샤워를 마치고
젖은 몸을 닦는
엄마의 젖가슴 낯설게 바라보는 눈길

한 통 줄까
짓궂은 물음에
피식 날리는 웃음

그 웃음에 담긴
풍요로웠던 비릿함이
그들을 키웠던 양분인 것을

엄마가 왜 바다의
마음을 갖게 되었는지
아직 그들은 모르지만
한때는 내게도

비릿한 향기 풍기던
시절이 있었음을
등대인 양 밝히는 불

생명을 키운 가슴엔
전기가 흐르지 않아도
언제나 켜져있는 불
사랑의 꼭지점
어머니의 젖가슴이다

생명

지난 여름
나의 정원은 비옥한 농장이었다.
트인 하늘로만 향하던
대추나무 한 그루
나는 그 뿌리에 열중하고 있었다

가을이 와도
잎만 무성할 뿐
열매 하나 맺지 못한 이 허전함.

다시 봄날
깡마른 맨살의 가지에
물오르는 신비
나의 정원은 엄숙한 농장이었다

마른 손 저으며
애원하는 눈빛으로
숨쉬던 대추나무

이 가을
한가위 보름달도
부럽지 않은
생명의 결실 하나
훈장인 양 달고 서있다

보수공사

일 년 전 맞춘
돋보기가 잘 안보여
다시 시력 검사해 새로 맞춰
찾은 안경

안 좋아진 도수만큼
두꺼워진 안경알
콧등에 느껴지는 무게감

어쩌랴
이제 남은 인생
좀 더 가볍게 빈 몸처럼
살다가고 싶은데

치아는 치아대로 보철을 하고
눈은 눈대로 자꾸 침침해져
날로 느는 보수공사

힘

뚝
떨어지는
굵은 숫자 1

그래
오늘 하루도
열심히 힘 있게 살으란다
1등 하란다

하나하나의 힘 모여
너와 나 우리가 되지
뭉치면 커지는 힘

그 힘이면 최고가 되는 거야
1등이 되는 거야
대한민국 만세 만세 만만세야

화장실에 앉아서도 생각하는 힘
늘 최선과 최고의 삶 함께하지
그렇게 기도하지

할 수만 있다면

내 몸 어디에서
바람이 빠지고
있는 걸까

바닥난 체력
머리는 흔들리고
속은 울렁울렁
다리는 후들후들

아직은 좀 더
기운 내서 살아야 할 나이

주변도 정리하고
손주들 크는 모습도 보고 싶고
똘똘이 건강하게 태어나는 것도 보고 싶고
읽고 싶은 책들과 음악도 듣고 싶은데

온몸 건강검진하고
충전해야지
힘을 내야지

할 수만 있다면
10년 유효기간
배터리 찾아 봐야지

노래자랑

지팡이 짚고
노래자랑 나온
91세 어르신

정정한 목소리로
있는 힘 다해
끝까지 부르는 저력

어디서 나온 힘일까
어디서 나는 용기일까

평생 처음 나오셨다는
노래자랑

상처 받고 그 상처 이겨낸
90을 넘긴 여린 몸의 어르신이 부르는 노래
100세까지도 건강하게
행복 노래 부르시길 바라본다

무궁화

살아선
강한 생명력

떠날 땐
추하지 않은 모습으로
자기의 생
정리할 줄 아는 꽃

내 생의
마지막 모습이고 싶다

봉숭아꽃

씨를 뿌린 것도
옮겨다 심은 것도 아닌데
흙속에 숨어 있던 씨앗이 움트더니
키 작은 봉숭아가 피워낸 자주색 꽃

생명은 그렇게 모질고 강한 것일까
무심히 휘두른 꽃삽에도 다치지 않고
어리디어린 것이 피운 꽃

딱 한 뼘 키에 매달린 꽃봉오리가
필 것 같지 않아 물을 주다가도
안쓰런 눈길 한번 더 주곤 했는데
이런 깜짝 쇼를 하다니

피었다는 그 사실만으로도
내겐 어떤 쇼보다도 신기하고 재미난 일
보드라운 자주색 꽃잎 손톱이 아닌 입술에 대고
그 물이 다 들도록 사랑하고 싶어라
그 진한 생명의 숨결 내 속에서도 꽃피어 보고 싶어라

노을

어느 화가의
죽음일까

생전에 못다 그린 그림 있어
물감을 붓고 떠나는
그대 뒷모습

이보다 더 큰 캠퍼스는
지상에 없어
마지막 열정
하늘에 그려넣고
어둠과 함께 사라지는 넋이여

기어히리라
감탄 없이는 바라볼 수 없는
당신의 마지막 그림

제4부

차를 마시며

차를 마시며

처음엔 여리게
시간이 지날수록
그 진한 속내 보이다가
다 보이다가

결국엔 맹물로 돌아가는
차를 마시면
보이는 인생

비릿한 풀향기 흙내음
다 꺼내 마시면
내가 자연임을 알게 되지

언젠가는
산사 처마끝 매달린 풍경
그 풍경 흔드는 바람으로 돌아가
땡그렁 땡그렁 소리내며 읽는 시

따뜻한 차 한 잔으로
마른 목 축이며
그대와 함께 하리라

단풍

너도
한때는
푸른 생명 뽐내던
꽃잎이었지

지는 노을 아름답듯
떠나는 네 모습도
참으로 아름답구나

날개가 없어도
가벼운 몸짓으로
바람의 장단에
춤추듯 사뿐히 내려앉아

밟으면 사각사각
아픈 소리 내며
마른 모습으로 뒹굴다
거름 되는 몸

언젠가 나도

어느 나무 밑

한줌 재로 돌아가

너를 만나 한 몸 되리라

깨를 볶으며

그 작은 알갱이들이
뜨거운 프라이팬 속에서
서로 몸 비비며 타닥타닥
튀기는 소리

몸이 부풀고 갈라지면서
올라오는 고소한 향
깨 볶는 소리에
깨어나는 생각 하나

인생도
지지고 볶이며
자기의 소리 내고 살지
상처가 아물며 전해지는
따뜻한 인간애

깨어 있으라고
깨어나라고
사람다운 향기 내뿜으며

서로에게 어우러지는
양념 같은 인생
그런 인생 살면 좋겠네
정말 좋겠네

소통의 힘

세상 만물
그들만이 통하는
대화법

그 표현
그 소리
다 알아 들을 순 없어도

느낌과 표정
행동과 소리의 강약으로
알아 듣고 사는 세상살이

낮과 밤이 있듯
웃고 우는 날도 있지만

사랑한다
좋아한다
그 말에 힘을 얻고 살지

잘한다 잘한다
그 말에 용기내어 살지

내가 모르고 산 내 허물까지
등 토닥이며 용서받을 때

미안한 마음에 얼굴 붉어져
반성하며 살지 참회하며 살지
우리라는 이름으로 더불어 살지

하심의 마음
실천하며 살지

방

어느 누구의 간섭도 받지않는
나만의 놀이방

중학교 시절부터
내 방 혼자 쓰며
한밤에 일어나 책도 보고
잠자는 금붕어 깨워
함께 놀던 소녀시절

릴케의 시 소리내 읽으며
시인을 꿈꾸고
혜화동 성당의 새벽종소리
울리는 시간이면 일어나
아침 기도를 올리던 그 소녀

45년 결혼생활을 하면서도
가끔씩 혼자만의 놀이방에서
충전하는 시간 갖고 있지

누구도 초대한 적 없는

오로지 나만 비밀의 문 열고 들어가
낯익은 책들과 소품
목마른 꽃들에게 물주는 시간
새순 틔우며 날 반겨주네

초저녁 잠에서 깨어나
한 밤에 일어나 샤워하고
몸도 마음도 다듬고 나면
수행자가 된 듯 정리되는 마음
그 시간이 얼마나 귀하고'
행복한지

감사의 기도를 하고
글을 읽네 시를 쓰네

깨어 있는 그시간
새날을 계획하며
듣고 싶던 음악도 듣고
주위를 돌아보며 추억도 생각하고
밤사이 들어온 카톡과 e북
메일도 확인하네

날마다 이시간 즐길 수 없어
더욱 소중한 나만의 시간
퇴근 후 남들이 어디 가냐고 물으면
작업실이라고 이야기하지만
대단할 것 없는 염화강 옆
작은 놀이방이라네

펼쳐 놓고 놀면서 충전하는
나만의 놀이방
오늘도 그 방에서 놀다가네
소리 없는 바람처럼 왔다
시 한 편 쓰고 가네

삶

하루가 일생이란 그 말
일출을 보면 알지

수평선 위에서
떠오르기 시작해
태양으로 빛나기까지

오르다 구름을 만나면
구름에 가리우고

오르다 바람을 만나면
흔들리는 마음

우리의 삶도
그렇게 많은 장애물
이겨내며 살지
일몰로 잠들기까지

부엉이 바위

노하셨다
무슨 말부터 해야할지
현실을 잊고 싶어 다 잊고싶어

한 마리 부엉새가 되어서라도
나라를 지켜주고 고향에 있고 싶던 맘
이젠 그의 비석이 되어버린 부엉이 바위

그 슬픈 전설을 안고 살아갈
봉화산 부엉이 바위는 그분을 닮아 있었다
참 많이 닮아있었다

−노무현 전 대통령님의 극락왕생을 기원하며

모래의 웃음

두껍아 두껍아
헌집 갖고 새집 다오

손등 수북이 올린 모래
부서지지 않게
살며시 빼는 손

어린 시절
모래가 쌓인 골목
찾아다니며 놀던 놀이

여름 바닷가
맨발로 뛰어가며 밟던
부드러운 모래의 감촉

그 감촉 느끼게 해주려고
방학이면 아이들 데리고
찾던 모래사장

그 모래

소리없이 울고 있다니
허물어지고 있다니

우리 모두 바다를 지키고
모래를 살리는 애국의 마음
모아야 할 때

소리 높여
모래채취 반대해
바다모래 채취 금지법
꼭 통과하길
두 손 모아 기원해야 하네

2018년
새해엔 듣고 싶다
모래의 큰 웃음소리

출렁이며 반기며
달려오는 파도
그 바다의 힘찬
함성 듣고 싶다

바다와 모래가 만나
서로 몸 부비며
반기는 웃음
그 웃음 소리 듣고 싶다

담쟁이

담쟁이도 웃어요
대작 그려놓고
화가 행세하는 사람들

똑 같은 그림은 안 그려요
손길 가는대로
바람 부는대로
넓은 벽 가득 자연 스럽게
그리는 그림

길 가던 눈 밝은 사람
관객되어 발길 멈추고
바라보는 벽화

돈 받고 안 팔아요
입장료도 없어요
시력 좋아 마음 함께하는 이

그냥 보고 가세요
즐기면서 보세요

끈기로 버티며 놓지 않는 손
그 손으로 그리는 그림

담쟁이 화가랍니다

염원

정성 없이
이루어지는
꿈은 없다

청마해인 새해
모든 이는 서로에게
복 많이 받으라고
복 많이 지으라고
복 많이 받으셨다지요
덕담을 하며 나누는 인사

연하장과 카드가 사라지고
카톡으로 인터넷으로 전화로
수 없이 오고간 안부와 답장

각자의 염원이 있겠지만

그 꿈 실현하기 위해
얼마나 많은 정성과 마음을 모았는지
본인은 더 잘 알고 있으리라

바라건대 새해엔
자기가 처한 위치에서
내가 지금 해야 할 일에
최선 다하는 삶
수처작주의 행
실천해야 하리라

그 행이
너와 내가 실천할
제일의 덕목이 되면
모든 일 이루리라
다 이루리라

구름새

하늘은
구름의 집

지상에 머물던
자유로운 영혼들은
구름이 되는 걸까

저기 저 하늘에 머무는
멋진 구름새

고개 들고
한참을 새와 노는데
어디서 부는 바람일까
새를 몰고 가는 바람

모두가 사라진 빈 하늘엔
구름 한 점 보이지 않고
그저 높고 푸른 하늘뿐

바람이 분다
구름새를 몰고간 그바람
가을이다

답

수많은 물음과
감탄의 연발이던
세상 모든 것

점 하나
찍어 놓고
떠나네

폭 포

철철철
흐르는
저 눈물좀 봐

부서지지 않으면
소리낼 수 없는
후련한 저 울음

좀 더 가까이 서서
한참을 바라보면

왜일까
가끔은 나도 부서시는
물이 되고 싶을 때가 있지

모든 것 다 잊고
뚜-욱 떨어져 소리내 우는
폭포가 되고 싶을 때가 있지
그럴 때가 있지

가을비

쏟아지는 빗소리에
잠이 깬 새벽 4시

깊이 잠든 그이는
간간히 코를 골고
가을비에 느끼는 한기를 털고
일어나 여는 베란다 창문

누워서 느끼던 찬 공기가 아닌
마음속까지 시원해지는 이 상쾌함
광덕산의 잠든 모습 보고 싶어
고개 내밀어 바라보는 산
어둠에 가려 산도 빗소리를 내며
잠들어 있을 뿐 보이지 않는 얼굴

폭염 속에서도 숙면하던 내가
깊은 잠 못 이루는 것은
거둘 곳 없는 내 인생의 가을이
허전하기 때문일까 나이를 먹은 탓일까

마음에 드는 시 한 편 쓰지 못해도
마음에 드는 시 한 편 만나면
행복해지는 마음

그 마음 그대에게 전하고파
큰소리로 읽고 또 읽어보는
풍경소리 울린 듯 가슴에 남는 여운

아, 가을비는 소리가 나게 해
귀 기울이고 들어봐 가을비에 젖은
내 가슴에서 들리는 바람소리 풍경소리

강가에서

물결의 웃음을 보았다
잔잔히 번지는 소리없는 웃음

그 웃음 속에 번지는 고요로운 평화
노년의 내 모습이고 싶다

바다

해의 집은
바다였다

노을진 만리포 바닷가에서
바다의 품에 안기는
해를 보고 돌아선 일몰의 시간
일출의 설레임보다 일몰의 편안함이
마음에 와닿는 나이

세상 밖으로 밀어낸 해의 하루
충실한 임무를 끝내고 돌아온
너와 나를 반기는 곳은 어머니의 집
그 넓은 가슴인 것을

삶의 충전이 필요할 때마다
바다
바다가 보고 싶다

매화

꽃송이도
때가 되지 않으면
열지 않는 입

주절주절 버려야 할 말
하지 않곤 못 살아
온종일 쓸데없는
말의 공해 속에 살다가

침묵하며 때를 기다리는
그들의 모습
나무에게 배워야 하네

그 먼 곳
광양까지 찾아왔지만
꼭 다문 야무진 입
절제의 미 온몸으로 보이네

늙은 오이와 호박

왜 오이와 호박은
늙을수록
맛날까

사람들 모두는
늙지 않으려
노력하는데

노각 무침이나
늙은 호박 요리는
아삭한 맛과
부드러움이 효능도 좋아
즐겨찾는 메뉴가 되지

요즘은
웬만하면 사계절 내내
맛볼 수 있는 음식이라
늦여름 기다리지 않아도
즐겨먹는 음식

늙었다는 표현엔
뭔가 뻣뻣하고 질기다는
생각 앞서는데
맛보면 아삭아삭
씹는 소리까지 즐겁지

연세든 할아버지 할머니가
많은 장수시대인 요즘
모두들 어르신이라
대접하며 불러도
어눌해진 행동과
깜빡이는 기억은
세월 비켜갈 수 없어
서글픈 현실이지

나 또한
늙은 할미되어 있어도
거울보며 바르는 빨간 립스틱

호박에 줄 긋는다고
수박될 리 없지만

그래도 아직은
생기 잃지 않고 살고픈 마음

마음은 늙지도 않아
16세 소녀가 들어 앉아 있는데
벌써 칠순이라니

술

마시면 취하는
약속을 꼭 지킨다는
술

그 술과 친하지 못한 나는
어쩌다 마주하고 앉아도
마음을 열지 못했다

하지만 오늘 가람 서실에서
한 잔에 반해버린 술 있으니
그 이름 난주

병안 가득 난꽃에 술을 부어
2년을 숙성했다는 그 술맛은
내 평생 처음 느껴보는 맛과 향

한 모금 마실 때마다
나도 피어 있는 한 촉의 난인 양
입안 가득 번지는 향기

누구에겐가
입술을 포개 전해주고 싶은
이 맛과 향
너와 함께 느껴보고 싶은
사랑이다

금당실 솔숲

세월 가도
변하지 않는
굳은 마음

나무는
발이 있어도 떠날 수 없어
달릴 수 있는
내가 보러 갔지
찾아갔지

수령 1백10년된
소나무 군락지인 이곳에서
나를 기다려주던 나무

반겨줄 이 없는 예천 용문면까지
네가 있어 널 만나러 떠난 이 길
아름드리 소나무 돌아가며 안아보곤
등 두들겨주고 떠나온 길

아직도 두 손에 남아 있는
그들의 체취

생명의 숲 회원되어
생명을 보호하고 살리는 그 일
그 사랑에 동참하리라

호소

이젠 진해 벚꽃들이
고열로 잠못 드는 밤

제발 타지에서 벚꽃 보러 오지 말라는
간곡한 주민들의 호소에
홧병난 벚꽃들의 아우성

봄 한철인 전성기에
홀로 피고 지는 이 설움
올 봄엔 꽃눈물 흘리며
이겨내야지 참아내야지

코로나19가 떠나기 전엔
방콕, 집콕, 해야 하니
모두가 이 어려운 재앙
슬기롭게 대처해야지

다 지나갈 그날
손꼽아 기다리며

예방해야지 조심해야지
마음 모아 서로를 위로해야지

파동

추를 들어
마음을 전한다

공명으로 전해지는
추의 흔들림
+와 -에너지

빛으로 왔다
빛으로 돌아가는
세상의 이치

+에너지를 주는
그 힘 그대에게
전하고 싶네

오른쪽으로
빙글빙글 도는 힘
세상에 힘이 되는
사람으로 살고 싶네
그런 사람 되고 싶네

민숙영 시인 108 시선집

詩의 힘

초판인쇄 2022년 10월 05일 **초판발행** 2022년 10월 08일

지은이 **민숙영**
펴낸이 **이혜숙**　펴낸곳 **신세림출판사**
등록일 **1991년 12월 24일 제2-1298호**

04559 서울특별시 중구 퇴계로49길 14,
　　충무로엘크루메트로시티2차 1동 720호
전화 **02-2264-1972**　팩스 **02-2264-1973**
E-mail : shinselim72@hanmail.net

정가 **15,000원**

ISBN **978-89-5800-254-3, 03810**